Chantal BERNATI

Comme une ombre au fond de ses yeux...

© 2015 Chantal BERNATI

Edition : BoD - Books on Demand
12/14 rond-point des Champs Elysées
75008 Paris
Imprimé par BoD - Books on Demand, Norderstedt
ISBM : 978-2-3220-4156-5
Dépôt légal : Octobre 2015

Toute représentation ou reproduction intégrale ou partielle faite sans le consentement de l'auteur ou de ses ayants droit ou ayants cause est illicite.

Chantal BERNATI est née en 1966,
Elle a publié :
- Une adolescence volée (avril 2014)
- Partir avant de vous oublier... (mars 2015)
- Après toi... (mai 2015)

A mes parents,

*A mes enfants,
Céline, Emilie, Guillaume, Nicolas et Lilou.*

*A mes petits-enfants,
Kélyah et Neymar*

Le bonheur est fragile, prenez-en soin...

Petit clin d'œil à mes amies, Véro, Lolinette, Didile, Nathalie, Val, Gaëlle, Lydie, Nanou, et bien sûr, « le chêne » !

« Parfois il vaut mieux rester comme ça, à l'intérieur de soi, refermé.
Car il suffit d'un regard pour vaciller, il suffit que quelqu'un tende sa main pour qu'on sente soudain combien on est fragile, vulnérable, et que tout s'écroule, comme une pyramide d'allumettes »

Delphine De Vigan

Chapitre 1

Guillaume n'avait pas pris de parapluie et pourtant il pleuvait à verse. Le temps se prêtait à son état d'âme. Il y avait beaucoup de monde au cimetière pour son grand-père. Papy Jean avait été un homme très apprécié. Des larmes coulaient sur le visage fatigué de Guillaume, se mêlant à la pluie. Il se rappelait que Julie disait tout le temps « Pas besoin de parapluie, je marche entre les gouttes ! » C'était une femme peu ordinaire, il l'avait rencontrée chez ses amis, Sébastien et Valérie, à leur premier anniversaire de mariage. Tout de suite, il avait été intrigué par

Julie. Elle riait peu, n'avait pas l'air très à l'aise au milieu du monde ; mais ce sont surtout ses yeux que Guillaume avait remarqués. Ce n'était pas tant leur couleur, presque noire, qui l'avait interpellé, que ce voile de souffrance au fond de son regard. Son grand-père Jean avait le même. Il avait vécu les horreurs de la guerre et « ces images, petit, on les garde à vie » disait-il. Pourtant ses explications s'arrêtaient là. Quand ses petits-enfants lui demandaient :
« Papy, raconte-nous comment c'était quand tu étais jeune… »
Le grand-père racontait, puis il marquait un temps d'arrêt et comme une conjuration, lâchait : « Puis ça a été la guerre ». Alors les enfants insistaient pour entendre la suite et il répondait :
- A quoi bon parler de la bêtise des hommes… Et ses yeux se remplissaient de larmes, ses pensées

s'envolaient là où nul ne pouvait aller. Guillaume, malgré son jeune âge, ressentait à ce moment là toute la souffrance de son grand-père. Il se serrait contre lui et Papy Jean lui murmurait :
- Dieu nous a donné un monde si beau, et vois, petit, ce que les hommes en ont fait...
Julie avait le même regard et c'est sûrement ce qui l'avait poussé à faire connaissance avec elle.

Elle avait de longs cheveux blonds et était vêtue d'une petite robe d'été, qui laissait deviner un corps mince. Guillaume l'avait trouvée très belle, il s'était approché, présenté, elle avait fait de même et il lui avait demandé si elle était seule.
- Ne pensez-vous pas que l'on est toujours plus ou moins seul ?

Et dans ce cimetière, malgré tous ces gens qui l'entouraient, Guillaume, tout à coup, comprit ce que Julie avait voulu dire. Sa gorge se serra, son grand-père n'était plus là, Julie non plus.

Chapitre 2

- Puis-je vous proposer de passer un moment avec moi, je n'ai pas la prétention d'arriver à vous distraire mais je ferai de mon mieux.
- Je n'ai pas dit que je m'ennuyais, néanmoins j'accepte avec plaisir.
C'est ainsi que commença leur histoire, par une belle soirée d'été.
Quelle drôle de femme, avait-il pensé.
Ils se mirent à converser. Guillaume apprit qu'elle avait tout juste trente ans, qu'elle vivait seule depuis son divorce.
- Pas d'enfants ? lui demanda-t-il.
Il sut aussitôt que cette question était de trop. Dans son regard, furti-

vement, il décela de la colère ou de la souffrance, il ne sut pas vraiment car déjà elle se reprenait et demandait :
- A votre tour, parlez-moi un peu de vous...
- J'ai quarante-deux ans, divorcé aussi, un fils, Baptiste, de dix-huit ans qui vit chez sa mère et qui vient souvent me voir. Je suis un homme heureux, il ne me manque que l'amour d'une femme. Mais je sais qu'elle se trouve quelque part et qu'elle m'attend...
- On attend tous quelqu'un, non ?
- Et vous, Julie, qui attendez-vous ?
- Je ne sais pas, je ne crois pas en grand-chose... Les hommes, le bonheur, Dieu...Tout ça, finalement ce n'est que du baratin !
- Vous avez tort, la vie est belle et elle nous réserve souvent de merveilleuses surprises.
Julie éclata de rire :

- Vous avez fumé de l'herbe, non ? Ou alors vous vivez dans le monde des Bisounours !
Guillaume fut un peu vexé :
- Je n'ai pas besoin de ça, mais êtes-vous donc si malheureuse pour vous moquer ainsi du bonheur?
- Pardon, je ne voulais pas vous blesser. Vous êtes marrant, vous parlez comme dans les livres. Ne m'en voulez pas, je suis une vraie peste, ma réputation n'est-elle pas venue jusqu'à vous ?
- Non... Oublions ça et allons danser.
En effet, les amis musiciens de leurs hôtes attaquaient un rock. Julie et Guillaume entamèrent une danse endiablée et très vite leurs pas s'accordèrent. Ils dansaient merveilleusement bien et tous les invités s'étaient interrompus pour les admirer. Une fois le rock terminé, le couple fut applaudi.

- Félicitations, Madame, vous dansez divinement bien ! s'exclama Guillaume.
- Merci, Monsieur, mais je n'ai aucun mérite, j'ai un très bon cavalier !
Ils éclatèrent de rire et tandis qu'un slow suivait, Guillaume enlaça Julie. Elle se laissa aller contre lui, cet homme encore inconnu une heure avant, et posa la tête sur son épaule. Julie se sentait curieusement bien, elle ferma les yeux, abandonnée entre les bras de son cavalier. Ce dernier, troublé, mit sa tête contre celle de Julie. Plus rien n'existait autour d'eux, ils n'étaient plus qu'un homme et une femme emportés dans la magie de l'instant.
Quand le slow se termina, ils se retrouvèrent face à face, un peu gênés de s'être ainsi laissé aller. Guillaume rompit le silence le premier et proposa à Julie d'aller lui chercher une boisson. Elle accepta et

se dirigea vers Valérie. Cette dernière lui fit remarquer qu'elle avait l'air de bien s'entendre avec l'ami de Sébastien.

- Je ne sais pas, on a juste dansé... Il le connait d'où ton mari ?

- Ils sont amis d'enfance. Sébastien passait toutes ses vacances chez les grands-parents de Guillaume.

- Je ne l'ai pas vu à ton mariage...

- Non, il venait de perdre sa grand-mère et il était très attristé. Elle était comme une mère pour lui, elle l'a élevé.

Elles furent interrompues par Guillaume qui arrivait avec deux verres de jus de fruit :

- Je suis désolé, je ne t'ai même pas demandé ce que tu voulais boire, je t'ai pris du jus d'orange, du coup...

- Tu as bien fait, merci.

Le tutoiement s'était installé tout naturellement entre eux.

Se tournant vers Valérie, Guillaume lui demanda si elle voulait une boisson, cette dernière refusa, prétexta qu'elle devait chercher son mari et les laissa en tête à tête. De nouveau, il y eut un slow. Sans un mot, Guillaume tendit la main vers Julie, qui, sans hésitation, la prit. Et ils se retrouvèrent enlacés encore une fois, savourant tous les deux ce doux moment. La soirée se déroula ainsi, et que ce fut à table ou sur la piste de danse improvisée, ils ne se quittèrent pas. Guillaume apprit également que Julie travaillait à la poste, en tant que conseillère financière avec Valérie ; elle avait été mutée à Chambéry, il y avait de cela quelques années. Elle ne connaissait personne dans cette ville et Valérie avait tout de suite éprouvé de la sympathie pour cette jeune femme timide et un peu renfermée. Une belle amitié était née entre elles.

Sur le coup des deux heures du matin, tous les invités étaient rentrés chez eux, ne restaient plus que Julie et Guillaume. Ce dernier ne se décidait pas à partir, ne sachant comment dire à la jeune femme qu'il avait très envie de la revoir. Sébastien sentit l'attirance de son ami envers Julie, aussi les invita-t-il tous les deux à revenir le lendemain, il restait encore quelques mets de la soirée. Les quatre amis s'embrassèrent chaleureusement et se quittèrent.

Guillaume tournait dans son lit, le sommeil le fuyant. Il pensait à Julie, tout lui plaisait chez cette femme. Il avait eu envie de l'embrasser mais n'avait pas osé. Quelque chose chez elle l'intimidait et pourtant elle était bien plus jeune que lui. Finalement la fatigue prit le dessus et il s'endormit.

Julie, quant à elle, avait besoin de prendre le frais ; elle alla sur son balcon, alluma une cigarette, inhala une profonde bouffée en pensant à l'homme qu'elle avait rencontré. Il lui plaisait bien, elle aimait sa manière franche de dire les choses, il n'essayait pas de l'éblouir comme la plupart des hommes qu'elle rencontrait, il était simple et pourtant c'était un beau quadragénaire, brun avec quelques fils d'argents, d'assez grande taille et d'une large stature. Elle avait été vraiment bien entre ses bras, il y avait si longtemps que ça ne lui était pas arrivé ; elle songea un instant à son ex-mari, elle appréciait tant de danser avec lui. Ils s'étaient tellement aimés et avaient été si heureux ensemble. Oui, mais ça, c'était avant, pensa-t-elle. Elle essuya une larme, écrasa sa cigarette et alla se coucher.

Chapitre 3

La première pensée de Guillaume au réveil fut pour Julie. Il avait hâte de la revoir. Il passa sous la douche puis décida d'aller voir son grand-père en attendant l'heure de se rendre chez ses amis. Il enfourcha sa moto, une belle 650 Suzuki et en moins de vingt minutes, il fut chez Papy Jean.
- Bonjour, Papy, comment vas-tu ?
- Bien, mon petit, et toi ?
- Très bien. Hier, j'ai été à l'anniversaire de mariage de Sébastien et j'ai rencontré une drôle de jeune femme !

- Raconte-moi ça, mon petit, il y a bien longtemps que je ne t'ai pas vu si enthousiaste.

Guillaume lui parla longuement de Julie, sans rien omettre, ni son regard triste, ni son air désabusé. Son grand-père l'écouta patiemment et lui dit :
- J'aimerais beaucoup faire sa connaissance. Cette femme a l'air de bien te plaire.
- Oui, Papy, et quand je la connaitrai mieux, je viendrai te voir avec elle.
Ils discutèrent encore un moment et Guillaume prit congé.

Quand il arriva chez ses amis, il eut la surprise de voir garée devant chez eux, une belle 500 Kawasaki. Serait-il possible que cette magnifique moto soit à Julie ? Il frappa et entra. Tout de suite son regard chercha la jeune femme. Elle était avec Valérie et Sébastien en train de fumer sur la terrasse. Elle portait un pantalon de treillis et un tee shirt blanc tout

simple. Guillaume la trouva ravissante, habillée ainsi, on lui donnait à peine vingt-cinq ans ! Il embrassa les trois fumeurs puis demanda à Julie si c'était elle qui pilotait la moto garée sur le trottoir. Elle acquiesça :
- Oui et si j'ai bien compris, toi aussi tu es motard ?
- Effectivement, on pourrait se balader ensemble un de ces jours ; si ça te dit, bien sûr...
- Oui, avec plaisir...
Ils parlèrent encore un peu tous les deux quand Sébastien les interrompit en rigolant :
- Bon, ben nous, avec Val on va retourner se coucher, on ne voudrait pas troubler votre conversation !
Julie sourit tandis que Guillaume était tout gêné :
- Oh, excusez-nous, je suis vraiment désolé !
Valérie répondit en riant :

- On vous charrie, Guillaume ! et à l'attention de Julie, elle ajouta : c'est l'homme le plus poli que je connaisse.
- Oui, je m'en suis rendue compte, et il parle comme un livre ! répondit Julie en souriant.
- Faites comme si je n'étais pas là, les filles, renchérit ce dernier.
- Et susceptible avec ça ! ajouta Valérie, gaiement.
Guillaume soupira. Sébastien eut pitié de lui et lui proposa d'aller préparer l'apéritif. Il accepta avec soulagement. Sitôt que les deux hommes furent dans la cuisine, Seb lui dit :
- Je me trompe ou Julie te plait bien ?
- Non, tu as raison, je la trouve particulière et je ne saurais dire pourquoi mais elle m'attire beaucoup.
- C'est une chic fille mais un peu bizarre. Elle est très mature et en même temps, elle se comporte

souvent comme une ado. C'est une personne très impulsive, on ne sait jamais ce qu'elle pense et elle n'a pas toujours un caractère facile. Val dit que c'est parce qu'elle a beaucoup souffert mais elle n'a jamais voulu m'en dire plus.
- Elle m'intimide, je perds tous mes moyens avec elle.
- Ne t'inquiète pas, mon pote, laisse faire les choses, si tu dois faire un bout de chemin avec elle, ça se fera…
- Oui, tu as sans doute raison. Tu as connu son mari ?
- Non, elle était déjà divorcée quand nous nous sommes mariés avec Val. Demande à ma femme si tu as besoin de renseignements, à toi, elle te dira peut-être ce qu'elle sait.
- Non, non, ça me gênerait trop de me renseigner ainsi sur elle.
- Allez, détends-toi et allons boire un verre avec ces dames.

Les deux amis apportèrent tout ce qu'il fallait sur la terrasse où les deux femmes discutaient gaiement. Le restant de la journée se passa dans la bonne humeur puis vint le moment de se séparer. Les deux invités enfourchèrent leur moto, Guillaume se gara tout près de Julie et lui proposa :
- ça te dit de venir boire un café à la maison ?
- Pourquoi pas ? Je te suis...
La jeune femme apprécia la conduite prudente de son ami. Ils furent rapidement chez Guillaume qui habitait tout près de chez Sébastien et Valérie.
- Tu habites une villa avec piscine ? demanda Julie, surprise, et tous ces arbres, ces fleurs, c'est magnifique !
- Oui, j'aime être dehors alors j'ai racheté sa part à mon ex-femme. Je suis pépiniériste, les jardins c'est ma

passion. Travailler à l'extérieur, c'est un plaisir pour moi.
- Moi aussi, j'aime être dehors, répondit-elle d'un air mélancolique.
- Et tu habites en maison ? demanda-t-il doucement.
- Non, je n'en ai plus et elle ajouta rapidement, tu me fais visiter ?
- Bien sûr, viens.

Guillaume lui montra toutes les pièces ; le salon était spacieux avec ce petit quelque chose de chaleureux qui donnait envie de s'y installer. Mais c'est dans la chambre de Baptiste, que Julie s'attarda. Elle regardait minutieusement chaque endroit, passait la main sur le lit, prit un vieil ours posé sur une étagère, le serra contre son visage, elle semblait perdue dans ses pensées. Guillaume n'osait plus parler, il observait la jeune femme et il retrouva à nouveau, dans ses yeux, le regard de son grand-père. Elle souffre, pensa-t-il,

dois-je la sortir de sa tristesse ? Il posa sa main sur l'épaule de Julie, elle sursauta :
- Ca va ? lui demanda-t-il doucement. Il eut envie de la prendre dans ses bras mais déjà, en inspirant profondément, elle répondait :
- Oui, allons boire ce café.

Puis elle lui parla de choses et d'autres, l'empêchant ainsi de lui poser des questions. Julie voulait tout savoir sur la vie de Guillaume. Il lui parla de ses grands-parents qui lui avaient donné tout l'amour que ses parents n'avaient su lui apporter. De la perte de sa grand-mère qui avait laissé un grand vide en lui. Julie l'écoutait, attentive à sa peine ; elle posa sa main sur celle de Guillaume. Ce dernier se pencha vers elle et l'embrassa avec beaucoup de douceur. La jeune femme, séduite, répondit à son baiser. Puis elle le repoussa tout doucement et lui dit

que l'heure était venue pour elle de rentrer.
- Quelqu'un t'attend ? demanda-t-il avec anxiété.
- Non, Guillaume, personne ne m'attend plus depuis longtemps.
- Pourquoi rentrer si tôt, alors ?
- J'ai besoin d'être chez moi...
- Tu n'es pas bien, ici ?
- Si, mais n'insiste pas, s'il te plait, je veux rentrer...
- D'accord, dit-il d'une voix résignée, on peut se revoir ? ajouta-t-il timidement.
Julie réfléchit un instant puis elle proposa :
- Viens manger à la maison demain soir, si tu veux.
- Avec plaisir, merci.
Elle lui donna son adresse, posa un baiser sur ses lèvres et partit.
Guillaume se retrouva seul dans sa maison et pour la première fois, la solitude le gagna. Il avait déjà le

manque de Julie. Il se raisonna en se disant que demain soir il découvrirait là où elle vivait et surtout il pourrait à nouveau la prendre dans ses bras.

Chapitre 4

Le lundi soir, Julie prépara une salade composée accompagnée de petits toasts au fromage de chèvre, une assiette de charcuterie et enfin une mousse au chocolat. Il y avait bien longtemps qu'elle n'avait pas eu le plaisir de recevoir quelqu'un chez elle. Elle pensa à Guillaume. Cet homme est vraiment gentil, sensible et en même temps, rassurant, se dit-elle. Elle avait hâte de le revoir. Quand enfin elle entendit sonner, elle se précipita pour ouvrir. Guillaume se tenait sur le pas de la porte, avec un magnifique bouquet de roses rouges qu'il tendit à Julie :

- Bonjour, tu aimes les fleurs ou c'est un truc de vieux ?
- Non, ce n'est pas un truc de vieux, c'est très gentil, dit-elle en souriant. Entre, je t'en prie.
- On s'embrasse ?

Julie se mit sur la pointe des pieds et du haut de son mètre soixante posa un petit baiser sur ses lèvres. Elle portait un short en jean avec un chemisier noué sur le ventre. Elle était pieds nus et Guillaume la trouva très sexy ainsi. Lui portait un pantalon en jean noir avec une chemise mauve.

- Tu es très élégant, je suis gênée d'être habillée si simplement, lui dit-elle.
- Ne sois pas gênée, tu es très belle ainsi…lui répondit-il en l'étreignant et il l'embrassa longuement. Julie lui suggéra d'aller prendre l'apéritif au salon. Guillaume se demandait ce que la jeune femme ressentait pour lui,

mais bien sûr il n'osa pas lui poser la question. Elle alla mettre les fleurs dans un vase puis elle le rejoignit. Il était en train de regarder les nombreux livres qu'elle avait dans sa bibliothèque.
- Tu lis beaucoup ?
- Oui, ça m'aide à m'évader...
- T'évader où ?
- Où je peux... Tu veux un whisky ?
- Je veux bien, s'il te plait.
Ils prirent l'apéritif puis Julie lui fit visiter son petit appartement.
- Tu n'as pas de chien ou de chat ? demanda-t-il.
- Pourquoi faire ? lui répondit-elle un peu sèchement.
- Je ne sais pas, peut-être pour avoir de la compagnie ?
- Ecoute, Guillaume, je n'ai pas besoin de compagnie, ni d'animaux, ni de personne d'ailleurs, alors ne me prends pas la tête avec ça ! C'est si

choquant d'être seule ? s'énerva-t-elle.
- Calme-toi, Julie, je ne voulais pas être désagréable, répondit-il calmement.
- Pardon, je crois que je suis un peu nerveuse... Passons à table, ajouta-t-elle.
- D'accord, répondit-il simplement.

Le reste de la soirée se déroula tranquillement, ils parlèrent de choses légères car dès que Guillaume abordait un sujet plus personnel, Julie se refermait. Vers onze heures, il se leva :
- Je vais y aller, je te remercie pour cette belle soirée...
- Excuse-moi pour tout à l'heure...lui dit-elle en se blottissant dans ses bras, je ne voulais pas être déplaisante...
- Ce n'est rien, Julie, et il ajouta, j'ai été heureux de passer un moment avec toi...

Il se pencha, l'embrassa et proposa :
- Je passe te prendre demain, on se fait un resto ?
- Avec plaisir, rentre bien.

Une fois arrivé chez lui, Guillaume passa à la salle de bain puis alla aussitôt se coucher. Il devait se lever tôt le lendemain pour ouvrir sa pépinière mais le sommeil le fuyait, il se repassait en boucle le moment où Julie s'était énervée quand il lui avait demandé si elle avait un animal de compagnie. Pourquoi avait-elle réagi ainsi ? Il décida qu'il irait voir son grand-père avec elle dès ce week-end, peut-être ce dernier arriverait-il à savoir d'où venaient cette tristesse et cette colère qu'il devinait en elle... Réconforté par cette idée, il s'endormit...

Guillaume proposa une sortie à Julie chaque soir de la semaine et cette dernière s'y rendit avec plaisir. Le samedi soir, alors qu'ils sortaient

du cinéma, il lui demanda si elle voulait bien poursuivre la soirée chez lui. Elle accepta, ils rentrèrent donc chez Guillaume.
- On se baigne ? lui demanda-t-il en lui montrant la piscine.
Julie acquiesça, ôta sa robe, garda ses sous-vêtements et plongea. Passé l'instant de surprise, Guillaume fit de même et la rejoignit. Ils nagèrent un moment côte à côte en silence, Julie admira le crawl parfait de son ami, elle nageait très bien aussi mais elle se fatigua avant lui et fit une pause. Guillaume la rejoignit, elle le trouva beau, musclé. Il l'étreignit et ils s'embrassèrent avec passion :
- On va à l'intérieur ? demanda-t-il doucement.
- Oui, allons-y…

Chapitre 5

Guillaume ouvrit les yeux. Le soleil filtrait entre les persiennes. Julie était blottie contre lui et elle dormait encore. Il n'osa pas bouger de peur de la réveiller, la nuit avait été merveilleuse et Guillaume était un homme heureux. Me voilà amoureux, pensa-t-il. Il y avait si longtemps qu'il n'avait pas éprouvé de tels sentiments ; son ex-femme était partie voilà bientôt huit ans. Ils s'étaient rencontrés très jeunes et la routine avait eu raison de leur amour. Leur mariage était à bout de souffle et le couple s'était séparé, n'ayant plus grand-chose en commun. Ils avaient

gardé de bonnes relations pour préserver leur fils. Guillaume avait bien fréquenté quelques femmes mais aucune n'avait éveillé des sentiments si forts en lui. Il posa délicatement un baiser sur les lèvres de Julie et celle-ci s'éveilla :
- Bonjour, Madame, lui dit-il avec un grand sourire.
- Salut... et elle ajouta en se redressant, il faut que je rentre chez moi...
- Mais pourquoi, Julie ? Pourquoi es-tu si pressée de t'en aller ? Je t'en prie, reste...
Elle se leva sans répondre, enfila le peignoir de Guillaume, prit une cigarette et alla fumer sur la terrasse. Des émotions contradictoires l'habitaient, elle était partagée entre son envie de rester et celle de ne pas s'attacher à quelqu'un. Guillaume passa son caleçon et la rejoignit :

- Pourquoi ne pas rester aujourd'hui, j'aurais aimé te présenter à Papy Jean mais si tu préfères que l'on fasse autre chose, il n'y a pas de problème. Passons le dimanche ensemble, tu ne peux pas me laisser après une si belle nuit...

Julie sourit :

- D'accord, ça me fera plaisir de connaitre ton grand-père... Mais il faudrait que je passe chez moi pour me changer.

- Pas de problème, viens, allons prendre notre petit déjeuner, et après nous irons à ton appartement.

Main dans la main, ils se dirigèrent vers la cuisine...

Guillaume lui demanda ce qu'elle prenait le matin :

- Je bois du cacao, d'ordinaire... Mais tu n'en as peut-être pas...

- Si, si, Baptiste est comme toi, un grand enfant, il aime le lait chocolaté... répondit-il en souriant.

Julie sourit à son tour en le regardant tendrement :
- C'est vrai que le chocolat a un parfum d'enfance...
Quand elle le regardait ainsi, Guillaume fondait littéralement. Il s'approcha, la prit dans ses bras :
- Julie, tu es tellement particulière, je crois que je suis en train de tomber amoureux de toi...
- Je suis bien avec toi aussi, Guillaume, répondit-elle doucement, en se laissant aller contre lui.
Puis se reprenant, elle ajouta :
- Viens, allons prendre notre cacao...
Pourquoi ne s'abandonne-t-elle jamais complètement ? s'interrogea Guillaume. Il soupira et prépara leur petit déjeuner

Il était onze heures quand le couple arriva chez Papy Jean. C'était un vieil homme comme on en voit dans les films. Des cheveux blancs en

broussailles, un grand sourire et des yeux d'un bleu très clair qui dégageaient une grande bonté. Il était vêtu d'un pantalon de velours côtelé et d'une chemise à carreaux rouges et noirs. Il habitait une vieille fermette avec un petit potager. Guillaume lui présenta Julie et tout de suite le courant passa entre eux.
- Laisse-moi donc un peu avec ton amie, que l'on fasse connaissance. Va donc t'occuper des poules, je n'ai pas eu le temps ce matin et ne les embête pas, hein !
Guillaume hésita, regarda Julie qui lui fit signe qu'il pouvait y aller.
- J'y vais, Papy, mais toi, n'embête pas trop Julie !
Et il se dirigea vers le poulailler tandis que Papy Jean demandait discrètement à la jeune fille :
- Tu fumes, mon petit ?
- Heu... Oui

- Tant mieux, je rêve d'une cigarette... Mais je suis entouré de non-fumeurs alors il faut que je ruse pour en trouver ! Tu veux bien m'en donner une ?
- Oui, bien sûr, avec plaisir.
Et ils fumèrent tous les deux, déjà complices. Ils parlèrent de choses et d'autres puis Papy Jean demanda à Julie :
- Viendrais-tu un jour, sans Guillaume, m'apporter des cigarettes ?
- Oui, bien sûr, je passerai dans la semaine, si vous voulez.
Mais déjà Guillaume arrivait avec un panier plein d'œufs.
- Prends-les donc, lui dit le grand-père, tu feras une omelette à ton amoureuse ce soir...
- Merci, Papy.
Ils discutèrent encore un moment puis Papy Jean décréta qu'il était

fatigué, le couple prit donc congé et le grand-père glissa à Julie :
- N'oublie pas, mon petit, ce que je t'ai demandé...
Julie lui fit un clin d'œil et ils s'en allèrent.

Une fois dans la voiture, Guillaume lui demanda ce que son Papy lui avait réclamé.
- Ca ne te regarde pas, c'est un secret entre nous, répondit-elle avec un sourire malicieux.
- Allez, dis-moi...
- Pas question, un secret c'est sacré !
- Tu commences déjà me faire des cachoteries...
- Il faudra t'y faire, rétorqua-t-elle, et elle ajouta, tu me déposes chez moi ?
- Je te rappelle que l'on doit manger l'omelette ensemble...
Julie soupira :
- On ne va pas passer tout notre temps ensemble...

- Et pourquoi pas ? Nous ne sommes pas bien tous les deux ?
- Si, mais je n'ai pas l'habitude...
- Qu'est-ce qui ne va pas, Julie ?
- Je ne veux pas m'attacher...
- Mais pourquoi ?
- Je suis invivable, un jour tu te lasseras de moi et je souffrirai...
- Non, tu te trompes, jamais je ne te laisserai, je suis déjà très attaché à toi, tu sais.

Julie sourit :

- D'accord, je reste un instant, mais après le repas je rentre chez moi.

A son tour, Guillaume soupira mais ne répondit pas, déjà bien content du peu qu'elle voulait bien lui donner. Le diner se passa très bien, l'omelette était délicieuse, Julie détendue, presque gaie et ils s'installèrent sur le canapé pour regarder un film. Profitant de la bonne humeur de la jeune femme, Guillaume osa poser

une question qui lui trottait dans la tête.
- Puis-je te demander s'il y a longtemps que tu es divorcée ?
- cinq ans.
- C'est toi qui es partie ?
- Oui.
- Pourquoi ?
- Il faut croire que je ne suis pas faite pour vivre en couple... Mais, dis donc, c'est un véritable interrogatoire, là ?
- Excuse-moi mais tu es tellement secrète... Et tu le revois ton ex-mari ?
- Non, et maintenant arrête avec tes questions ou je m'en vais.
- Pardon, dit-il d'un air penaud.
Julie se pencha sur lui et l'embrassa. Ils s'aimèrent sur le canapé et Guillaume oublia tout le reste.

Chapitre 6

Guillaume et Julie passaient leur temps libre ensemble et tout se passait bien entre eux. Cette dernière, tenant parole, se rendit un après-midi chez Papy Jean.
- Mon petit, je suis tellement content de te voir…
- Chose promise, chose due ! lui dit-elle en sortant deux paquets de cigarettes.
- Tu es une bonne petite, Julie. Viens t'asseoir, tu as bien un moment ?
- Oui, je peux rester jusqu'à dix-sept heures.

- Très bien, commençons par fumer une cigarette et parle-moi un peu de toi...
- Il n'y a rien à dire...
- Tu sais Julie, je vais avoir quatre-vingt-onze ans, je connais la vie, les gens, et toi, mon petit, tu as un terrible secret qui te ronge en dedans...

Alors sans qu'elle sache pourquoi, Julie, qui gardait tout en elle depuis si longtemps, se mit à parler. Elle avait un tel besoin de poser enfin les armes ; des larmes, depuis trop longtemps retenues, coulèrent sur son visage. Et elle put enfin confier toute la douleur de son cœur à ce vieil homme bienveillant qui essuyait ses pleurs avec son vieux mouchoir à carreaux tout bien repassé et qui sentait bon la lavande. Quand elle eut fini de se confier, Julie était comme vidée. Papy Jean la consola,

trouvant les mots justes, ceux dont elle avait tant besoin.
- S'il vous plait, n'en parlez à personne…
- Ne t'inquiète pas, mon petit, je ne dirai rien de ce que tu m'as confié mais tu sais, Guillaume est un bon gars, tu peux lui faire confiance. Un jour il faudra bien que tu lui parles…
- Oui, je sais…
- Tu es épuisée, repose-toi donc un moment sur mon canapé pendant que je prépare la soupe.
La jeune femme s'allongea et moins de cinq minutes plus tard, comme s'y attendait le vieil homme, elle dormait profondément.

Guillaume attendait depuis une demi-heure devant chez Julie et elle n'était toujours pas là. Sa voiture était garée sur le parking mais pas sa moto, il commençait à se faire du souci, d'ordinaire elle était ponctuelle.

Le téléphone de Julie était posé sur la table, il sonnait mais la jeune femme ne se réveillait pas. Papy Jean se décida à décrocher. C'était Guillaume :
- Papy ? Mais que fais-tu avec le portable de Julie ?
Le grand-père sortit de la maison :
- Ecoute, la petite est venue me voir cet après-midi et elle était épuisée alors je lui ai proposé de s'allonger un moment sur le canapé et elle s'est endormie.
- Mais pourquoi est-elle venue te voir ?
- Et pourquoi pas ? Nous avons sympathisé l'autre fois et je lui ai dit de passer quand elle voulait.
- Ok, Papy, mais pourquoi est-elle épuisée ?
- Elle m'a confié un douloureux secret. Elle en est ressortie éreintée. Ne me demande pas ce que c'est, je ne te le dirai pas, j'ai promis. Mais,

mon petit, sois gentil et patient avec elle, elle a tellement souffert.
- Papy, dis-moi, je t'en prie... Ca m'aiderait sûrement à mieux la comprendre...
- Moi, vivant, je ne dirai rien. La petite m'a fait confiance et je ne la trahirai pas. Trouve le chemin de son cœur et un jour vous serez heureux. Maintenant, viens la chercher, elle est bien trop fatiguée pour rentrer en moto, cette petite.
- Ok, Papy, j'arrive.
Quand le grand-père entra dans la maison, Julie se réveillait.
- Ca va, petite ? demanda-t-il.
- Je me sens encore un peu fatiguée...
- Ne t'inquiète pas, Guillaume a appelé sur ton portable, je me suis permis de décrocher ; il était en souci, je lui ai dit de venir te chercher. Je n'ai rien dit de ce que tu m'as confié, sois tranquille.
- Merci, murmura-t-elle.

Papy Jean tendit à Julie un bol de soupe bien chaude :
- Bois, petite, ça va te requinquer...

Quand Guillaume arriva, il vit la jeune femme assise sur le canapé, un bol de soupe entre les mains. Comme elle était pâle ! Ses yeux sombres paraissaient immenses tant elle avait l'air affaibli.
- Ma chérie, j'ai eu tellement peur ! Tu vas bien ? demanda Guillaume en se précipitant vers elle.
- Oui, c'est juste un petit coup de pompe...
- Va te laver les mains, Guillaume, je vais te préparer un bol de soupe, intervint le grand-père.
- Tu te rappelles que j'ai quarante-deux ans, papy ?
- Et alors, ça t'empêche de te laver les mains ?
Guillaume soupira tandis que Julie souriait de l'échange entre le grand-père et le petit-fils.

A dix-neuf heures trente, le couple prit congé de Papy Jean et Guillaume emmena Julie chez elle.
- Tu veux que je reste avec toi, cette nuit ?
- Ca ne t'embête pas ?
- Pas du tout, au contraire, lui répondit-il en garant la voiture.

Ils regardèrent un moment la télévision puis Julie avoua tomber de sommeil. Le couple alla donc se coucher.

Un hurlement retentit dans la nuit, réveillant Guillaume en sursaut. Julie assise près de lui, les yeux grands ouverts, pleurait, criait. Il la prit contre lui, essayant de l'apaiser, murmurant des mots de réconfort. Elle sanglota sur son épaule et finit par se calmer. Puis, gênée, elle se détacha de lui, se leva, alla à la salle de bain se passer un peu d'eau sur le visage et sortit sur le balcon fumer une cigarette. Guillaume la rejoignit,

il lui passa un bras autour des épaules :
- Ma puce, parle-moi, dis-moi ce qui te tracasse…
- Ce n'est qu'un cauchemar, rien d'autre, tout le monde en fait !
- Non, Julie, tout le monde ne hurle pas ainsi.
- Fous-moi la paix, Guillaume, arrête avec tes questions ou va-t-en !
- Ecoute, je m'inquiète pour toi.
- Si tu veux que ça marche entre nous, arrête de fouiner dans ma vie.
- Je ne fouine pas, je voudrais juste comprendre, t'aider…
- Je t'ai demandé quelque chose ? répliqua-t-elle d'un ton brusque.
- Ok. Je crois que je vais rentrer. Quand je t'ai vue dans cet état chez mon grand-père, j'ai bêtement pensé que tu aurais besoin de quelqu'un près de toi cette nuit mais tu n'as besoin de personne, n'est-ce pas ?

Julie ne répondait pas, elle le fixait avec ses grands yeux noirs bordés de larmes. Il ajouta :
- Tu veux que je parte ?
Elle fit non de la tête. Il repensa à ce que son grand-père lui avait dit et il ajouta plus doucement :
- Allez, viens, allons nous coucher.

Elle le suivit sans un mot, se blottit contre lui et s'endormit. Guillaume resta longtemps les yeux grand ouverts, il revoyait le visage horrifié de Julie ; il se demandait quel était ce secret qu'elle gardait en elle. Finalement, il finit par se rendormir sans avoir pu trouver de réponse à sa question.

Le lendemain, aucun d'eux ne fit allusion à ce qui c'était passé dans la nuit et chacun se rendit à son travail après s'être fixé rendez-vous pour le soir, chez Guillaume, afin d'aller récupérer la moto de Julie chez Papy Jean.

Chapitre 7

Baptiste, n'ayant pas vu son père depuis quelques temps décida de passer la soirée chez ce dernier. Guillaume fut ravi de sa visite. C'était un adolescent aussi brun que son père mais il avait les yeux bleus de sa mère. Le père et le fils s'entendaient bien, ils avaient toujours été très complices. Ils étaient attablés sur la terrasse, sirotant un jus de fruit quand le ronflement d'une moto se fit entendre.
- J'ai oublié de te dire que j'ai invité mon amie à diner ce soir, ça ne t'ennuie pas ?
- Pas du tout, papa.

Les deux hommes se dirigèrent vers Julie. Guillaume fit les présentations et tout de suite, Baptiste posa mille questions à la jeune femme sur sa kawasaki. Elle y répondit avec bonne humeur et Guillaume fut soulagé de leur entente immédiate. Ils passèrent une excellente soirée tous les trois mais Guillaume remarqua un petit voile de tristesse dans les yeux de la jeune femme quand Baptiste chahutait avec son père...

Une fois son fils parti, Guillaume s'excusa auprès de son amie :
- Je suis désolé de ne pas t'avoir prévenu pour mon fils mais je ne savais pas qu'il passerait... J'espère que ça ne t'a pas contrariée ?
- Pas du tout, il est très gentil...
- Merci, Julie. Tu dors chez moi ce soir ?
- Non, il faut que je rentre...

Guillaume n'insista pas. Il le savait : quand son regard était habité par la tristesse, Julie allait dormir chez elle.

Les jours se succédaient, le couple faisait beaucoup de sorties ensemble, dormait tantôt chez l'un, tantôt chez l'autre mais Julie semblait toujours sur la réserve. Guillaume s'adaptait à l'humeur de son amie afin de préserver leur bonne entente.

Il faisait un temps superbe ce dimanche après-midi, une légère brise soufflait, portant les parfums de fleurs jusque sur la terrasse où se prélassait le couple. Ils étaient installés au bord de la piscine quand ils eurent la visite de Simon et Isabelle, des amis de Guillaume, accompagnés de leur fille Lola, âgée de cinq ans. A peine leurs visiteurs eurent-ils mis un pied sur la terrasse que Guillaume sentit un changement chez Julie. Elle semblait nerveuse, répondait à peine quand l'un d'eux

lui parlait. Elle s'excusa et alla à la salle de bain. Lola, qui connaissait bien la maison, la rejoignit et lui demanda de coiffer sa poupée. Julie, sans dire un mot, prit un peigne et s'exécuta. Elle avait les yeux bordés de larmes.
- Tu pleures ? demanda Lola.
- Non...
- Si...
- Non, je fais une allergie...
- A quoi ?
- Je ne sais pas, peut-être aux cheveux de ta poupée.
Julie se baissa à la hauteur de la petite pour lui rendre son jouet et la fillette l'enlaça pour lui faire un câlin. La jeune femme la serra contre elle et les larmes débordèrent de ses yeux.
- Je crois que tu pleures... constata Lola.
- Ne le dis à personne, ce sera notre secret...
- Tu es triste ?

- Tu sais, parfois les grandes personnes pleurent sans savoir pourquoi... Quand leur cœur est trop plein de larmes, elles sortent par les yeux...

Julie se passa le visage sous l'eau, retourna sur la terrasse, suivie de la petite fille et annonça :

- Je suis désolée mais j'avais oublié, j'ai un rendez-vous... Je dois partir... Au revoir à tous...

Guillaume se leva pour la raccompagner.

- C'est quoi ce rendez-vous, Julie ?
- Je n'ai pas le temps de t'expliquer, je te dirai plus tard...

Et elle mit son casque, se dirigea rapidement vers sa moto.

- Attends ! On se voit ce soir ?
- Non, je ne peux pas, salut !

Elle grimpa sur sa moto et démarra en trombe. Guillaume resta perplexe, qu'était-il arrivé à son amie, on aurait

dit qu'elle fuyait. Il rejoignit ses amis, la mine triste.
- Elle est bizarre ta copine, non ? demanda Isabelle.
- Elle est un peu sauvage…
- Non, répondit Lola, elle est allergique !
- Pourquoi tu dis ça, ma puce ? demanda Guillaume.
- Elle a peigné ma poupée et ses yeux étaient tout mouillés et elle a dit qu'elle était allergique aux cheveux de ma poupée mais moi je sais que ce n'est pas vrai parce qu'elle m'a dit un secret mais je ne dois pas le dire.
- Tu sais que les secrets, on peut les partager avec sa maman, ma chérie, tenta Isabelle.
- Mais tu le diras à personne, alors…
- A personne, ma chérie.
Alors, innocemment, Lola raconta :
- Julie, ben elle pleurait…
- Mais pourquoi ?

- Je ne sais pas, elle a dit, des fois les grandes personnes pleurent mais elles ne savent pas pourquoi et aussi que quand il y a trop de larmes dans un cœur, elles sortent par les yeux... Mais ça j'ai pas tout compris ce que ça veut dire.

Les trois amis se regardaient, chacun se posant des questions mais n'osant les formuler à voix haute. Mal à l'aise, Guillaume essaya de meubler la conversation afin d'éviter le sujet. Enfin ses amis prirent congé, il se jeta sur le téléphone et appela Julie, une fois, deux fois, mais il tombait immanquablement sur le répondeur.

- Julie, rappelle-moi, s'il te plait. Je sais que quelque chose ne va pas, je suis là pour toi, tu le sais, n'est-ce pas ? Je t'aime.

Mais son portable restait désespérément muet et plus le temps passait, plus Guillaume se sentait mal. A bout

de patience, il enfourcha sa moto, et se rendit chez Julie. Les deux véhicules de la jeune fille étaient garés devant son immeuble. Il monta, sonna, mais personne ne vint lui ouvrir. Il frappa plusieurs fois, de plus en plus fort.
- Julie, ouvre-moi, je sais que tu es là ! Je ne partirai pas tant que je ne t'aurai pas vue !
Finalement, la porte s'ouvrit laissant apparaitre le visage ravagé de larmes de Julie.
- Ma chérie, dit-il, en la prenant dans ses bras, que t'arrive-t-il ?
Mais Julie se dégagea sans rien dire et retourna, en titubant, se coucher dans son lit. Guillaume la suivit, décidé à savoir ce qui torturait son amie. La chambre était dans un désordre indescriptible, comme si tout avait été jeté à terre. Il y avait une bouteille de whisky à moitié vide à côté du lit.

- Julie, tu as bu ?
- Oui et maintenant, va-t-en, je ne veux plus te voir !
- Non, je ne partirai pas tant que tu ne m'auras pas expliqué ce qui se passe.
- Je ne t'expliquerai rien du tout, Guillaume, je ne te dois rien, ni à toi, ni à personne…
- Bon sang, Julie, je t'aime, comment veux-tu que l'on construise quelque chose si tu ne me parles pas ?
- Je n'ai plus rien à construire, Guillaume, je détruis, tu ne t'en étais encore pas rendu compte ? s'énerva-t-elle, allez va-t-en, tu ne vois donc pas que je suis déjà morte au fond de moi !

Guillaume saisit Julie par les épaules en la secouant.

- Parle-moi, bon sang, je ne partirai pas d'ici sans savoir ce qui te ronge !

Mais la jeune femme ferma les yeux sans rien ajouter, se laissant aller comme une poupée de chiffon. Surpris par son propre accès d'humeur, Guillaume la lâcha doucement, l'embrassa sur le front et resta assis sur le bord du lit, lui parlant tout doucement. Au bout d'un moment il s'aperçut qu'elle dormait, il la couvrit et s'en alla. Guillaume se rendit chez son grand-père, bien décidé à ce que ce dernier lui révèle le secret de Julie. Mais, Papy Jean ne voulut rien dire, son petit-fils eut beau se fâcher, rien y fit. Guillaume alla donc voir Sébastien et Valérie, leur expliqua ce qui s'était passé mais Val ne voulut rien dire non plus. Les deux hommes passèrent par la douceur puis par la colère et enfin par la bouderie mais l'amie de Julie garda le silence. Guillaume rentra chez lui complètement déprimé. Quel était ce secret que personne ne voulait dévoiler?

Chapitre 8

Guillaume décida d'attendre que Julie lui donne des nouvelles mais le vendredi arriva et toujours aucun signe de la jeune femme. Le samedi matin, n'y tenant plus, il se rendit chez elle. Elle lui ouvrit, le fit entrer, lui offrit un café. Il s'assit face à elle :
- Tu m'as manqué, tu sais, lui avoua-t-il.
- Toi aussi, répondit-elle, mais si tu me poses la moindre question, tu t'en vas.
Guillaume hocha la tête :
- Ok, c'est comme tu voudras. Je t'aime et je ne veux pas te perdre

alors je te prends telle que tu es et si un jour, tu as envie d'en parler, je serai là pour toi. D'accord ?
- D'accord.
- On va se balader en moto ?
- Ok.

Ils allèrent voir Papy Jean, qui fut ravi de leur visite puis Guillaume emmena son amie au restaurant. Ils passèrent la journée en amoureux, se promenant main dans la main, visitant la ville, s'arrêtant manger une glace.

Et les jours continuèrent ainsi, l'été laissant place à l'automne. Le couple faisait de grandes randonnées en montagne, allait au cinéma, au théâtre. Quelque fois, Guillaume invitait son fils et tous trois passaient la journée ensemble. Julie aimait beaucoup Baptiste. Une certaine complicité était née entre eux, et elle le retrouvait toujours avec plaisir. Le couple avait l'air heureux. Un jour pluvieux, Guillaume, fort de son amour, proposa à Julie de partager sa vie au quotidien.

- Que veux-tu dire exactement par partager ta vie, ce n'est pas déjà ce que je fais ? demanda Julie.
- Si, ma chérie, mais j'ai envie de plus, j'aimerais que tu viennes habiter avec moi…
- Pour faire quoi de plus ?
- Comment ça, pour faire quoi de plus ? Je t'aime et je veux m'endormir chaque soir près de toi, me réveiller chaque matin à tes côtés. Tu n'en as pas envie ?
- Ecoute, je t'aime aussi mais la vie que l'on mène me convient parfaitement, je veux garder du temps pour moi.
- Mais tu en auras du temps pour toi, je n'ai pas l'intention de t'interdire quoi que ce soit. Faisons un essai, si ça ne te convient pas, tu retourneras dans ton appartement.

- Je t'ai dit non, Guillaume, pourquoi insistes-tu ?
- Parce que je tiens à toi, je t'aime vraiment, fais-moi un peu confiance, bon sang !
- ...
- Je suis sûr que nous pourrions être très heureux, et peut-être même, pourrions-nous avoir un petit à nous...
Là, soudain, le visage de Julie se métamorphosa et les yeux plein de larmes, elle entra dans une colère noire :
- C'était trop beau, hein, cette vie-là, il a fallu que tu gâches tout, qu'est-ce que vous avez tous à vouloir des enfants ! Tu as déjà un fils, ne vois-tu pas la chance que tu as ?
- Mais...
- Tais-toi ! Tais-toi ! hurla-t-elle.

Julie enfila rapidement son blouson, son casque, claqua la porte, enfourcha sa moto et partit comme une furie, le plantant là. Guillaume resta saisi, décidément il ne comprendrait jamais cette femme. Il en avait assez, il était fatigué de cette vie où il ne pouvait faire aucun projet. Bien sûr, il l'aimait mais malgré tout son amour, aujourd'hui il renonçait. Jamais il ne pourrait construire un avenir avec Julie. Si elle ne voulait pas d'enfant ou si elle ne pouvait pas en avoir, il aurait compris, mais toutes ces colères, ces non-dits, cette retenue, c'était trop et ce soir, il se résignait, il abandonnait cette bataille où il avait perdu d'avance. Malgré toutes ses tentatives, Julie ne s'était jamais confiée à lui et il ne voyait pas d'issue à leur amour.

Au loin, un clocher sonnait vingt-trois heures mais la jeune femme ne l'entendit pas. Elle roulait à vive allure sur la route mouillée, des larmes coulaient le long de son

visage. Elle avait mal. Mal à son cœur, mal à son corps. Ce soir, plus rien ne la retenait à la vie. Elle avait survécu depuis cinq ans mais il n'y avait pas une nuit où elle ne revoyait sa petite Aurore, inerte, dans son berceau. Julie avait cru mourir et avait dû lutter pour continuer à vivre. Elle avait quitté son mari ; elle avait bien assez à faire avec son chagrin, sans avoir à s'occuper de celui de son époux qu'il noyait dans l'alcool. Bien sûr il avait été aussi malheureux qu'elle ; sans cesse il lui disait :
- Tu te rappelles quand elle souriait, tu te rappelles de ses petites mains, tu te rappelles ? Mais Julie n'en pouvait plus de l'entendre parler de leur bébé. Elle était partie, avait déménagé et dans cette fuite, elle avait évité soigneusement toutes les personnes qui avaient des enfants. A chaque Noël, elle avait imaginé l'achat des cadeaux qu'elle ne ferait

jamais, la décoration du sapin qu'elle ne partagerait pas avec sa fille, les bougies d'anniversaire qu'Aurore ne soufflerait pas, toutes ces choses qui font des merveilleux souvenirs. Elle avait eu si peu de temps pour s'en fabriquer. Les jours, les mois puis les années étaient passés mais Julie ne s'était jamais vraiment remise de cette tragédie. Quelques hommes avaient traversé sa vie mais ils s'étaient vite lassés de cette femme au caractère changeant. Et enfin, elle avait rencontré Guillaume, qui, comme un rayon de soleil lui avait un peu réchauffé le cœur. Il avait une telle patience qu'elle avait cru qu'enfin elle connaîtrait un semblant de bonheur avec lui. Il était sécurisant, attentionné, compréhensif. La vie avec lui n'était que tendresse et douceur. Mais ce soir, il lui avait parlé vie de couple, enfant, et elle avait su que jamais elle ne pourrait vivre comme tout le monde et donner à Guillaume tout le bonheur qu'il méritait. De désespoir, Julie accéléra dans le virage, la moto glissa et ce fut la chute.

Chapitre 9

Les jours étaient passés, Guillaume était malheureux sans Julie mais il s'obstina dans son silence. Il espérait au fond de lui que la jeune femme revienne pour s'excuser mais il n'eut aucune nouvelle. Il dormait mal, n'avait plus goût à grand-chose. Mille questions se bousculaient dans sa tête qui restaient sans réponse.

Il était huit heures, ce matin-là, quand le téléphone sonna dans la belle maison de Guillaume.
- Bonjour, c'est ta mère.
- Bonjour, tu te rappelles que tu as un fils ou tu as besoin d'argent ?

- Ne commence pas à être insolent, si je t'appelle c'est pour te dire que je ne peux pas me déplacer en France, j'ai trop de choses à faire ici.
- Je ne t'ai rien demandé, ça fait quarante-deux ans que tu brilles par ton absence, tu peux continuer. Papy Jean est là, c'est tout ce qui compte.
- Tu n'es pas au courant ?
- Au courant de quoi ? demanda Guillaume, soudain angoissé.
- Ton grand-père est mort hier…

Guillaume raccrocha, se laissa tomber sur le canapé et laissa couler le flot de larmes qui lui montait aux yeux. Son monde s'écroulait. Papy Jean était parti et il était seul, ne lui restait sur cette terre que son fils. Le manque de Julie se fit douloureusement ressentir. Et puis, il ne comprenait pas, pourquoi sa mère avait-elle été prévenue et pas lui ? Elle n'avait jamais été là, ni pour lui, ni pour personne d'ailleurs. Elle avait déposé Guillaume chez ses grands-parents alors qu'il était tout bébé et les avait tous vite oubliés, ne se rappelant leur existence qu'au moment où elle avait besoin d'eux.

Il prit sa moto et alla chez son grand-père. Une fois sur place, il entra dans cette maison qui l'avait vu grandir, avec une porte sans serrure, car il n'y a rien à voler, disait Papy Jean. La voisine le rejoignit.

- Je suis désolée, mon petit, ton grand-père m'avait fait promettre de prévenir ta mère uniquement. Il disait que c'était votre dernière chance de vous retrouver...

- Tu parles, elle ne viendra même pas pour la sépulture... Dis-moi, Hortense, comment est-ce arrivé ?

- C'est son cœur, il était fatigué, il s'est arrêté de battre... Il va tellement me manquer, ajouta-t-elle dans un sanglot.

Guillaume la prit dans ses bras.

- Je suis orphelin, Hortense... Et ils pleurèrent dans les bras l'un de l'autre. Puis Guillaume se reprit, s'excusa et monta à l'étage, tandis que la voisine regagnait son chez elle. Il entra dans la chambre de ses grands-parents, en fit le tour puis alla dans la sienne. Il avait passé toute son enfance et son adolescence ici, il y avait été heureux malgré l'absence de sa mère et de son père. Une enveloppe attira son attention sur son bureau. Son prénom était inscrit dessus, il s'assit sur son lit et l'ouvrit.

Mon petit,
Si tu trouves cette lettre c'est que je suis allé rejoindre ta grand-mère. Ne sois pas triste, j'ai bien assez vécu ainsi. Mon seul regret sera de ne pas savoir si tu vas faire ta vie avec la petite Julie. Pardonne-moi de t'avoir caché son secret mais, pour nous,

anciens, une promesse est une promesse, seule la mort nous en délivre. Alors voilà, je vais te le confier, en espérant qu'il ne soit pas trop tard pour vous deux.

Julie a eu un bébé il y a un peu plus de cinq ans, une petite fille prénommée Aurore. Un matin, semblable en apparence aux autres matins, elle est entrée dans sa chambre et l'a trouvée endormie à tout jamais. Peux-tu imaginer, mon petit, ce qu'elle a ressenti ?

Sa vie en sera toujours marquée. La vie, Guillaume, quelque fois, elle nous joue des sales tours et il faut beaucoup d'amour et de patience pour cicatriser les blessures.

Tu es une chance pour cette petite, j'espère que vous vous en rendrez compte tous les deux.

Mon enfant, ta grand-mère et moi, on a été heureux de t'élever. On t'a aimé dès que tu as pointé ton petit museau,

tu nous as donné beaucoup de bonheur.
Prends bien soin de toi,
Sois heureux, mon petit,
Papy Jean

- Mon Dieu, Papy, qu'est-ce que j'ai fait ? murmura-t-il.

Il descendit les escaliers quatre à quatre, enfourcha sa Suzuki et fonça chez Julie. Sa voiture était au parking mais la moto n'était pas là. Je repasserai ce soir, pensa-t-il, et il alla voir Sébastien. Il sonna, Valérie lui ouvrit la porte, elle ne le salua pas, et se tournant vers l'intérieur de la maison, dit :
- Seb, c'est ton copain !
Et elle le planta là. Sébastien lui fit la bise :
- Ne lui en veux pas, tu sais comme elle adore Julie et c'est vrai que c'est un peu vache que tu ne sois pas encore allé la voir...

- On s'est disputé il a dix jours et on ne se voit plus.
- C'est sûr qu'elle aurait du mal à aller te voir...
- Pourquoi dis-tu ça ?

Sébastien devint tout pâle.

- Attends, ne me dis pas que tu n'es pas au courant ?
- Au courant de quoi, bon sang ?
- Ben, de son accident de moto...
- Quoi ? Et c'est maintenant que tu me le dis ?
- Mais je croyais que tu le savais ! Je suis désolé...
- Mais qu'est-ce qu'elle a au juste ?
- Bizarrement elle n'a rien de cassé, juste quelques hématomes... Le pire, c'est qu'elle est dans le coma...
- Mon Dieu, et c'est arrivé quand et où ?

Sébastien lui raconta tout ce qu'il savait et alors Guillaume se rendit compte que l'accident avait eu lieu le soir de leur dispute. Quand ce

dernier annonça à son ami que Papy Jean était décédé, Sébastien lui dit :
- Je suis désolé, tu sais comme j'aimais ton grand-père mais va, cours, sors-nous Julie du coma, sauve ce qu'il reste à sauver !

Chapitre 10

Guillaume était au chevet de Julie, lui tenant la main, il lui parlait de Papy Jean, de son amour et il pleurait ; il pleurait comme un enfant toute cette douleur qui l'habitait depuis ce matin. Derrière la vitre, une femme, plus très jeune, que la vie n'avait pas épargnée, regardait cet homme qui peut-être, avec toutes ses larmes, sauverait sa fille. Elle posa à terre un crucifix, se signa et s'en retourna.

Guillaume n'avait pas pris de parapluie et pourtant il pleuvait à verse. Le temps se prêtait à son état d'âme. Des larmes coulaient le long de son visage fatigué, se mêlant à la pluie. Aujourd'hui, avec Baptiste, ils accompagnaient Papy Jean à sa dernière demeure, soutenus par Sébastien, qui essayait de cacher son chagrin, et il semblait à Guillaume entendre son grand-père dire à son ami « Laisse sortir ce que tu as sur le cœur ». Tous ses amis étaient là et l'absence de Julie se faisait encore plus cruellement sentir. Elle avait aimé son grand-père au point de lui confier son secret. Ce dernier avait réussi là où lui avait échoué.

Après la sépulture, Guillaume se rendit au chevet de Julie ; il y rencontra la mère de la jeune femme. Ils se présentèrent. C'était une femme douce qui avait le même regard que sa fille, un regard plein de souffrance. Elle lui parla longuement de Julie, du décès de sa petite fille, du mal de vivre de sa fille depuis cette terrible tragédie et de ce petit sourire qui était revenu tout doucement sur son visage depuis qu'elle fréquentait Guillaume. Elle lui prit les mains et supplia :

- Je vous en prie, mon garçon, sortez ma fille de là, il n'y a que vous pour lui redonner l'envie de vivre !
- J'aimerais tellement pouvoir le faire, madame, mais comment ?
- Parlez-lui encore et encore et moi je prierai... Elle le prit dans ses bras, l'embrassa en murmurant « merci » et quitta la chambre.

Guillaume s'assit sur le bord du lit et caressa tout doucement la main de Julie :
- Mon amour, Papy Jean est parti pour toujours... Il m'a laissé une lettre pour me confier ton secret, si seulement tu m'avais parlé. Mais tu n'es plus seule maintenant, je serai toujours là pour t'aider, et même si, rien, jamais ne t'enlèvera ta peine,

nous serons deux, et à deux, on est bien plus fort. Tu verras nous nous ferons une belle vie, je te le promets. Vis, mon amour ! Tu es si jeune, tu as encore tant de merveilles à découvrir ! Toi et moi, on a tellement de choses à faire ensemble ! Je t'en prie, ma chérie, ne me laisse pas, ne m'abandonne pas toi aussi...

Guillaume posa doucement ses lèvres sur celles de Julie.

Et soudain, un battement de cils et deux petites larmes au bord des yeux de Julie...

Et soudain, la vie, avec ses merveilleuses surprises...

Et enfin, l'espoir ...

Un grand merci à

- Marie José Casassus pour son aide tout au long de ce roman.

- Raphaëlle Grand pour avoir eu la gentillesse de poser pour la page de couverture.

- Mes lecteurs qui me donnent tant de plaisir à écrire.

L'auteur tient à rappeler que toutes ressemblances avec des personnes existantes seraient un pur hasard.